수행시집
꿈인줄 알면서도
석승암

이 시집을 읽는 분에게

나는
아직 시인이 아닙니다.

나는
아직 화가도 아닙니다.

나는
아직 웅변가는 더더욱 아닙니다.

그리고 나는
아직 스님이 아닙니다.

구하고자 하는 것
오직 한가지
빌 공(空)자
하나.

부끄러운 시작으로
보아 주시기를
빌 뿐입니다.

—1988년 세모에
석승암 합장

• 차 례 •

슬픔이었네

검은 머리 치렁치렁
꿈 많은 소녀였네.

돌담 모퉁이에
쌓이고 쌓인 설움
나는 늘
노을 빛을 혼자 보고 있었네.

그리고 또 그리고
그려보아도
아빠 엄마는
얼굴없는 모습.

나는 왜 혼자일까
두 눈 적시다가
바라본 노을은
슬픔이었네.

시누대밭 바람소리
한숨이었네.

만남, 그리고 이별

부모없는 가시내
더부살이 가시내
나에게 어느날
귓속말이 들렸네.

느그 엄니
개가해서
강 건너 산단다.

그것은 천둥이었네
그것은 개벽이었네
아아 그것은.

그날부터 나에게
엄마의 얼굴은 열둘이었네
어머니의 얼굴은 설흔셋이었네.

아무도 모르게
만나야 하고
아무도 모르게
헤어져야 한다는
친척 아주머니
다짐도 몇달.

곱게 곱게 머리 빗어
배타고 건넌 강.

잔솔밭 밭머리에
나는 섰었네.

흰수건 덮어쓰고
바구니 들고
밭에 나온 아낙처럼
한 여자 다가 왔네
낯선 여자가.

느그 엄니여
느그 엄니!

그러나
열둘이 넘던 엄마 얼굴도
설흔셋이 넘던 어머니 얼굴도
나는 보지 못했네.

손목 한번
잡아보지 못한채
한 방울의 눈물도
흘리지 못한채
나는 돌아서서
미친듯 달려왔네.

그리고 그것은
엄마와 딸의 만남이었네
엄마와 딸의 이별이었네
수십년 세월 흐른
오늘까지도.

그 가을에

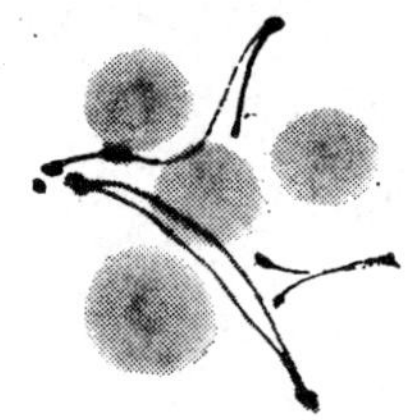

열 아홉
소녀 가슴
허무의 바다가
출렁이던 그 가을.

길고 긴
인연의 끈이었던가
종소리 이끌려
오른 유달산.

철부지 넋두리
가만히 들으시던 스님

허허로운 눈길 들어
하늘 쳐다 보다가
서늘한 눈빛으로
일러 주셨네.

이 세상 모든 것은
한줌의 바람.

사랑도 미움도
부귀영화도
눈 뜨고 보면
한줌의 바람.

바람을 손에 쥐려
발버둥치는
괴로운 그 인생도
어차피 바람.

사랑으로부터
미움으로부터
모든 나의 것으로부터

언제나 바람처럼
떠나는 삶.
떠나라
떠나라
바람처럼 떠나라.

5월 훈풍처럼
아니면
가을 들판을 지나는
소슬한 바람처럼.

바람이고 싶었네

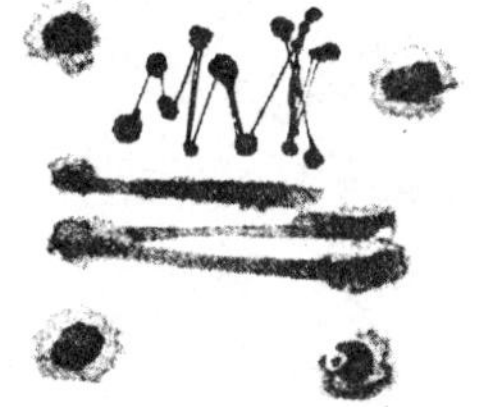

나는
바라 보았네
바람이 된
내 모습.

노오란 유채꽃밭
지나는 바람.
아지랑이 데불고
노니는 바람.
돛폭에 탱탱하게
달리는 바람.
아카시아 향기에

취하는 바람.
풀밭에 사르르
잠드는 바람.
들판에 휘영청
춤추는 바람.
가을산 낙엽과
딩구는 바람.

어디론가 정처없이
떠나는 바람.
정녕 나는 그런
바람이고 싶었네.

울고 말았지

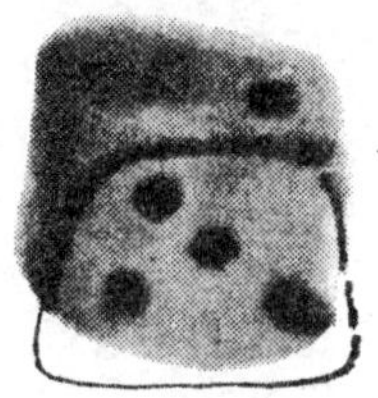

대둔산 깊은 골
숨은 암자는
낙엽 밟는 소리조차
너무 요란해
숨도 크게 못 내쉬었지.

파르라니 깎은 머리
고운 스님들
고히 맞아
노스님께 데려다 줬지.

어쩐 일로 왔느냐고

묻지도 않고
노스님은
가만히 바라 보셨지.

할말을 잃어버린
바보가 되어
난 그저
굵은 눈물 뚝뚝 흘렸지.

노스님은 천안통
지니셨던가
왜 왔냐,
어디 사냐,
이름이 무엇이냐,
한마디 없이
한 열흘 푹 쉬다
내려가라고
내 등을 가만히 토닥거리셨지.

외할머니 치마폭
그리웠을까
난 그만
엉엉 울고 말았지.

새벽에

눈뜨면
새벽
개울로 달려 갔네.

시린 맑은 물
손으로 떠
씻고 또 씻었네.

아빠 생각,
엄마 생각,
학교 생각,
친구 생각,

흐르는 물에 실려 보냈네.
얼굴만 마주쳐도
가슴이 뛰던
그 소년 얼굴도.

산자락 자락마다
덮힌 그 안개
그 속에 서서 듣는
목탁소리 염불소리
아아 그것은
신비한 음악.

나는 들었네
내 마음의 문이
열리는 소리를.

그것은 노래였네

똑 똑 똑또르르
똑 똑 똑또르르

꿈을 깨는 그 소리에
소스라쳐 일어났네.

창호지 바른 문
아직도 한밤
맑디 맑은 목소리가
외우는 염불
아아 그것은
아름다운 노래였네.

소원종심실원만
나무대비관세음
원아속지일체법
나무대비관세음
원아조득지혜안
나무대비관세음

뜻하는 일 소원대로
이뤄지게 해주소서
자비로운 관세음께
귀의하여 비옵니다.

이 세상 온갖 진리
어서 알게 해주소서
자비로운 관세음께
귀의하여 비옵니다.

부처님의 지혜눈을
어서 얻게 해주소서
자비로운 관세음께
귀의하여 비옵니다.

똑 똑 똑또르르
똑 똑 똑또르르
법당을 돌고도는
목탁소리 염불소리.

처음엔 하나더니
둘이 되고
다섯 되고
온 산천이 다 함께
합창하던 그 새벽.

어둠에 젖어 있던
내 눈 뜨기 시작했네.

내 이름은

그 가을
내 이름은
행자(行者)였었네.

속세와 인연끊는
고행의 수련기간
공양짓기
나물 무치기
나무하기
빨래하기
그리고 청소하기
염불하기

목탁치기
공부하기.

새벽 세시 도량석
밤 아홉시 취침까지
등 한번
벽에 기대 보지 못했네.

물에 젖은 솜뭉치
지친 육신을
하루에도 열 두번
일으켜 세워주신
그것은
잔잔한 부처님 미소.

첫 수행

밥을
절에서는
공양이라 부릅니다.

공양을 드는데도
지켜야할 청규(淸規)
열가지가 넘습니다.

감사하는 마음으로
음식을 들라.
수저 소리가
나지 않게 하라.

그릇 부딪는 소리
나지 않게 하라.

음식 씹는 소리
나지 않게 하고
훌짝거리거나 후루룩거리지 말라.

음식을 베어 먹지 말고
핥아 먹지 말며
한 입에 먹도록 하라.

밥 속에 든 뉘를 버리지 말고
까먹도록 하며
곡식은 단 한알도
버리지 말라.

발우(그릇)에
밥과 찬을 비벼 먹지 말며
음식을 먹을 때는
두리번거리지 말라.

음식을 먹을 때는
말하거나 웃지 말며
어떤 음식도
때가 아니면 먹지 말고
짜다, 싱겁다, 맛있다, 맛없다,
탓하지도 말고 분별하지도 말라.

열명 넘는 대중이
공양 들어도
들려오는 것은
바람소리
물소리
새소리 뿐입니다.

손 끝 하나 움직임도

손 끝 하나
움직임도
수행이거니

걷고,
서고,
앉고,
눕기,
더욱 어려워요.

말하고,
웃고,
울기,
더더욱 어려워요.

종소리

처음
받아든 책
초발심자경문(初發心自警文).

처음 불문에 들어온 사람에게
이르신 첫 말씀
자상도 하시네.

마땅히 나쁜 사람
가까이 말고
어질고 착한 사람
가까이 하며

오계(五戒)와 십계(十戒)
받아 지키고
의지할 것은
오직 부처님 가르침
어리석은 사람들의
허망한 말
따르지 말라.

이미 출가해
대중속에 들었거든
부드러움
온순함으로
화목 이루고
내가 잘났다는 교만심
잘난체 하지 말라.

나이 많은 사람
형님이 되고
나이 적은 사람
아우가 되느니라.

할 일 없이
남의 방
들어가지 말고
은밀한 처소에서
남의 일 구태여
알려하지 말며

양치하고 세수할 때
소리나게 침 뱉거나
코 풀지 말고
음식 올릴 적엔
차례 지키고
걸어갈 적에
옷자락 펄럭이거나
팔 흔들지 말고
말할 적에
크게 웃거나 희롱하지 말라.

요긴한 일 아니면
문밖 나가지 말고
앓는 이 있거든

마땅히 자비로운 마음
간호해야 하고
손님은 언제나
반갑게 맞이하고
어른 만났을 땐
공손한 마음으로
길 비켜야 하느니라.

옛스님 가르침
받들어 지녀
맑고 고운 저 길을
나도 가리라
정좌하여 외우는데
울린 새벽종.

웃어 주셨네

스님들이 읽는 경(經)
한문의 바다
어떻게 배워갈까
아득했어라.

토달아 짚어 가며
외우는 경귀(經句)
읽기도 어렵거든
쓰기는 오죽할까.
그 안에 담긴 뜻
캄캄했어라.

스님께서 사다주신
천자문(千字文) 놓고
하늘 천(天), 따 지(地)부터
배운 철부지
그래도
부처님은
웃어주셨네.

고행

하루 일 하지 않으면
하루 끼니 굶어야 하느니
엄하신 백장선사
가르침 따라
게으름에 내려진
오후불식(午後不食) 사흘째.

공양짓고
빨래하고
또 나무 한 짐,
빙빙 도는 하늘
꺼져가는 땅

행자 고행
이리도 턱에 차는데
육년 고행
부처님
어찌 견디셨을까.

어디서 왔느냐고

너는 누구냐고
스님이 물으시네.

어디서 왔느냐고
스님이 물으시네.

왜 사느냐고
스님이 물으시네.

어디로 갈거냐고
스님이 물으시네.

그래도
나는 아직
그 대답 모르네.

아아 그날은

내가 다시 태어난
그날은
비가 왔읍니다.

물담긴 세숫대야가
내 앞에 놓였읍니다.
나는 무릎 꿇고
두 손을 모았읍니다.

노스님 합장하고
들어올린 칼
나는 두 눈을 감았읍니다.

사각사각 사각사각
속세와의 인연이
한가닥 한가닥씩
잘려나가는 소리
연분홍빛 소녀의 꿈이
세숫대야에 담겨졌읍니다.

기억이 나지 않는
부모 얼굴도
성씨도,
이름도,
사각사각 잘려진
머리채와 함께
세숫대야 물에 적셔
가지런히 내앞에 놓여졌읍니다.

입속으로 외우는
관세음보살
그래도
주룩주룩 흐르던 눈물.

풍경이 댕그렁
울던 그날은
내가 다시 이 세상에
태어난 날입니다.

사 미 니

서늘한 머리
단정히 꿇어 앉아
가사 한벌 받았읍니다.

속인의 옷을 벗고
처음 입은 승복
계(戒) 받으러
큰절 가는 산길
멀고도 멀었읍니다.

그윽한 눈길로
내려다 보시는 부처님,

고향을 향해
부모님께 마지막 올리는
감사의 큰절 세번.

낳아 주셔서 감사합니다.
키워 주셔서 감사합니다.
가르쳐 주셔서 감사합니다.
머리깎고 드리는 기구한 효도
두 눈엔 눈물이 고였읍니다.

부처님께 합장하고
출가신고 절 세번.
저는 이제
세상 애착 남김없이 끊고
부처님 제자가 되었읍니다.
이르신 가르침 다 배우고
이르신 계율 다 지키고
쉬임없이 도를 닦아
기어히 성불을 하겠나이다.

스님이 내 머리에

감로수 뿌리시고
삭발할 때 남겨두신
마지막 머리칼 한 올
그때 마져 자르시고
팔뚝에 심지박아
불을 붙여 주셨읍니다.

소리없이 타는 불꽃
온 몸에 번져오는
뜨거운 연비.

부처님은 근엄하게
지켜보시고
그 앞에서 나에게
내리는 십계(十戒).

목숨이 다하도록
생명있는 중생 죽이지 말라.
이것을 지키겠느냐?

네, 받들어 지키겠읍니다.

목숨이 다하도록
남이 주지 않는 물건
훔치지 말라.
이것을 지키겠느냐?

네, 받들어 지키겠읍니다.

목숨이 다하도록
음행 하지 말라.

목숨이 다하도록
거짓말 하지 말라.

목숨이 다하도록
술 마시지 말라.

목숨이 다하도록
꽃다발 쓰거나
향 바르거나
화장하지 말라.

목숨이 다하도록
노래하고, 춤추고
구경도 하지 말라.

목숨이 다하도록
높고 넓은 평상에 앉지 말고
비단이불 사용치 말라.

목숨이 다하도록
때 아닌 적에 먹지 말라.

목숨이 다하도록
금은보화 가지지 말라.

네, 받들어 지키겠읍니다.

이제
내 이름은
사미니.
거룩하신 부처님께 귀의합니다.
거룩하신 가르침에 귀의합니다.
거룩하신 스님들께 귀의합니다.

어떤 할머니

머리 하얀 할머니
손자 데리고
절에 오셨읍니다.

꼬깃꼬깃 접힌 돈
복전함에 넣고
굽은 허리 더 휘도록
부처님께 합장하여
큰 절을 올립니다.

열번
스무번

설흔번,
헤아리다 지친
손자가 묻습니다.

할머니
왜 자꾸 자꾸
절만 하는 거야?

간절한 눈빛으로
부처님 올려다보며
할머니가 가만히 말씀하십니다.

워짜든지
느그들 잘되라고 그런다.
워짜든지
느그들 좋으라고 그런다.

괴로움의 바다

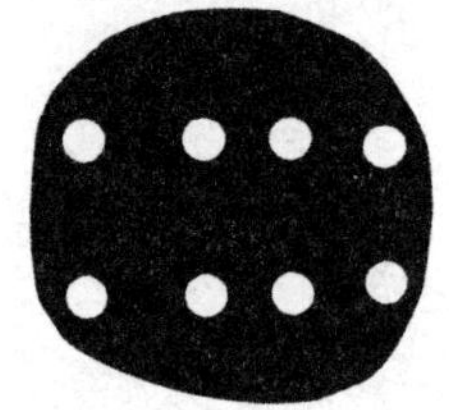

인생이란
대체
무엇일까요?

부처님은
가만히 이르십니다.

원한 일도 없이
태어 나는 것
바로 그것이 인생이랍니다.

건강하고 싶은데

병들고 아픈 것
바로 그것이 인생이랍니다.

사랑하는 사람
곁에 두고 싶은데
헤어져야 하는 것
바로 그것이 인생이랍니다.

미워하는 사람
보기도 싫은데
만나야만 하는 것
바로 그것이 인생이랍니다.

구하고자 하는 것
다 구할 수 없으니
바로 그것이 인생이랍니다.

언제까지나 늙고 싶지 않은데
늙어야만 하는 것
바로 그것이 인생이랍니다.

맵고, 짜고, 시고, 떫고,
달고, 쓰고,
분별없고 변함없이
이대로가 좋은데
순간마다 분별하고
찰라마다 변하는 것
바로 그것이 인생이랍니다.

영원토록 영원토록
살아있고 싶은데
죽어야만 하는 것
바로 그것이 인생이랍니다.

여덟 가지 넓고 넓은
괴로움의 바다에
외롭게 떠 있는 나뭇잎 하나
바로 그것이 인생이랍니다.

웃고 계시네

아침 나절
큰법당
마루 닦다 가만히 올려다보니
부처님 콧잔등에
파리 한마리.

부처님도 간지럼
타시는 걸까
한쪽 눈 찡긋찡긋
웃고 계시네.

소원을 비옵나니

첫번째 사람이
부자되게 해달라고
합장하여 비옵니다.

두번째 사람이
승진하게 해달라고
합장하여 비옵니다.

세번째 사람이
합격하게 해달라고
합장하여 비옵니다.

네번째 사람이
건강하게 해달라고
합장하여 비옵니다.

다섯번째 사람이
소원성취 해달라고
합장하여 비옵니다.

여섯번째 사람이
행복하게 해달라고
합장하여 비옵니다.

부처님은
고개를 끄덕 끄덕
부자되고
승진하고
합격하고
건강하고
행복하고
소원성취 하는 길
빠짐없이 자상하게
가르쳐 주십니다.

조목 조목 밝힌 비법
낱낱이 담아 두신
아아 그것은
팔만대장경.

바람이 날더러

어느 스님이
읊으셨던가.

인사동 찻집에
걸린 시(詩) 한 수.

산이 날더러
산처럼 살라하네.

물이 날더러
물처럼 살라하네.

그런데
구름은 날더러
구름처럼 살라하고

바람은 날더러
바람처럼 살라하네.

천개의 손길로

손이 천개
눈도 천개
천수천안 관세음보살.

중생들의 신음소리
중생들의 한숨소리
중생들의 하소연
다 들으시네.

중생들의 아픈 가슴
다 어루만져 주시고
중생들의 아픈 상처

다 아물게 해주시고
중생들의 아픈 눈물
다 닦아 주시네.

쓰러진 중생 일으켜 주시고
구덩이에 빠진 중생 건져 주시고
목타는 중생 감로수 주시고
길잃은 중생 불 밝혀 주시고
허기진 중생 먹여 주시네.

그래서 당신은
손이 천개
눈이 천개
천수천안 관세음보살
우리들의 어머니.

왜 이다지

인생은 고해라고
이르셨지만
괴로움은
왜 이다지 많사옵니까?

먹고
입고
자는 것
모자람 없는데도
한뼘짜리 가슴속에
가득한 번뇌
왜 이다지 새록 새록 일어나옵니까?

108 번뇌 끊으라는
깊은 뜻으로
108 계단 오르면서
108 염주 헤아리며
108 배(拜)를 드려도
돌아서면 왜 이다지
어리석은 되풀이 시작되옵니까?

사랑하는 사람은

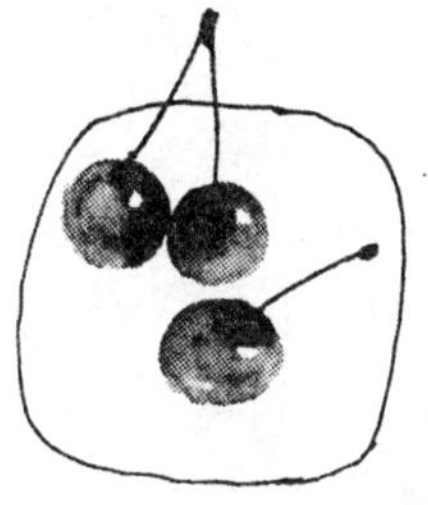

사랑하는 사람일랑
가지지 말라고
이르셨지요.

미워하는 사람은
가지지 말라고
이르셨지요.

사랑하는 사람은
못만나 괴롭고
미워하는 사람은
만나서 괴로우니까.

그러나 그 말씀
듣고 나서도
괴로움은 더더욱 커져갑니다.
사랑도
미움도
초월한 거기,
아직은
그 자리가
어디쯤인지 아득하니까요.

대합실

어디론가
떠나야 할 사람들이
대합실에 들어옵니다.

운 좋게
의자를 차지해
앉은 사람도 있고
긴 시간 서 있느라
지친 얼굴도 있읍니다.

어디서 온 사람인지
어디로 갈 사람인지

언제 떠날 사람인지
아무도 모릅니다.

다만 한가지
분명한 것은
대합실에 들어온
모든 사람은
반드시 어디론가
떠나야 할 사람들입니다.

그리고 또 한가지
분명한 것은
전송하러 나온 사람은
한 사람도 없읍니다.

그 중에
나도 한 사람
한번 들어오면
되돌아 나갈 수 없는
세상이라는
이 대합실에.

인연따라

흙과 물과
불, 그리고 바람.
인연따라 모이면
꽃이 되고
새가 되고
사슴이 되고
사람이 됩니다.

흙과 물과
불, 그리고 바람.
인연다해
흩어지면

꽃도
새도
사슴도
사람도
원래 없던 물건.

흙이 되고
물이 되고
불이 되고
바람이 되어
제자리로 돌아가네.

태어나는 것
산다는 것
그리고 죽는다는 것은
결국
제자리 돌아가는 끝없는 되풀이.

무엇을 사랑하랴

한 생명 태어남은
한조각 뜬구름 생겨남이요
한 생명 스러짐은
한조각 뜬구름 사라짐이라
인생의 오고 감도
그와 같느니.

무엇을 기뻐하고
무엇을 슬퍼하고
무엇을 탐하고
무엇을 사랑하랴.

단 한 순간도
그대로 있는 것은
아무것도 없는
그대와 나의
허망한 세상.

눈에 보여지는 것
손에 만져지는 것
마음으로 느껴지는 것
입으로 말해지는 것
모두 실체 없는
제행무상(諸行無常)
제법무아(諸法無我).

착각 때문에

사랑한다는
말을
하지 마세요.

영원한
사랑을
꿈꾸지 마세요.

하늘이 바다 되고
바다가 하늘 되어도
변치 않겠다는
약속일랑
하지도 마세요.

몸과 마음이
시시각각 변하는
허망한 나
그래도 몸부림치는 것은
착각 때문입니다.

어쩔수 없네

시장에서 장사하면서
많은 사람을 속여먹는 여자가
절에 왔읍니다.

가난한 사람에게
돈놀이를 하면서
피도 눈물도 없다는 소리를
듣는 여자가
절에 왔읍니다.

철없는 소녀들을
꼬여 내다가

몹쓸 곳에 팔아먹고 사는 여자가
절에 왔읍니다.

청바지 빨간바지
번갈아 입고
땅값 집값 흔들고 다니며
가난한 사람들의 내집 꿈
깨고 다닌 여자가
절에 왔읍니다.

그 여자들은
시줏돈을 내놓고
부처님께 두번 세번
생색을 냅니다.
그리고 제멋대로
'죄 없어졌음'
증명서를 한장씩
받아쥐고 나옵니다.

부처님께 시줏돈 내고
부처님 앞에 절하고

부처님께 용서 빌면
부처님이 숨겨둔
만능지우개로
그동안 지은 죄를
말끔하게 지워주고
극락이 너의 것이다
허락한줄 여깁니다.

그리고 돌아가면
같은 짓 되풀이
찜찜하면 또 한번
절에 옵니다.
그동안 더 지은 죄
만능지우개로 지워달라고.

부처님은 누누히
일렀읍니다.
나에게는
면죄부도
지우개도
없네.

나무에 못 박는게
죄지은 거라면
잘못 알고 못 뽑으면
그게 반성이지
그게 회개지
그게 참회지.

그렇다고 못 박은 자국
싹 없어지나.
그대가 지은 죄도
그와 같아서,
내 품에 안긴다고
없어지지 않네.

한 사람 속였으면
열 사람께 갚아.
한 사람 울게 했으면
백 사람 웃게 해.
한 사람 죽였으면
천 사람 살려.
그래도

그대 지은 죄
없어질까 말까야.

중생, 중생 어리석은 중생
무거운 돌맹이
연못에 던져놓고
반성합네
회개합네
참회합네
돈 놓고 빌어본들
무거운 그 돌맹이
물위로 떠오를까.

중생, 중생 가엾은 중생
서울 가는 길
제대로 가리켜도
캄캄한 밤길만
헤메는 중생은
정말 나도
어쩔 수 없네.

당신이 사랑한 네 여자

가난했던 당신은
아내를 얻었지요.
배고픔에 지치고
추위에 떨며
기나긴 세월
같이 고생한 아내.

살림이 불어나자
기름기가 오른 당신은
조강지처 버리고
두번째 여자를 얻었지요.

두번째 여자와 어울린
꿀같은 시절도 잠깐
싫증이 난 당신은
또 마음이 변해
그 여자를 버리고
세번째 여자를 얻었지요.

몇년 살아보니
그 달콤새콤한 사랑도 시들어
세번째 여자 버리고
네번째 여자를 얻었지요.

배가 튀어나와 뒤뚱거리며 당신은
네번째 여자를
어화둥둥, 핥고 빨며
그 여자가 바라는 것이라면
무엇이든 다 하고
어느 것이든 다 주었읍니다.

덜컥
당신이 죽었읍니다.

당신 시신이 떠나는 날
당신 시신이 누워있는 방에
네 여자 다 모였읍니다.

당신 시신이 관에 담겨
안방을 떠날 때
마지막 사랑을
독차지했던
네번째 여자가
안방에 앉은 채
작별을 고했읍니다.
당신 시신이
안방 문턱을 막 나서자
네번째 여자는
문을 닫고 돌아앉았읍니다.

당신 시신이
뜰을 지나 대문을 나설 때
세번째 여자가 뜰안에서
작별을 고하고
돌아섰읍니다.

골목길을 지나
동구밖을 지날 때
두번째 여자가
작별을 고하고 돌아섰읍니다.

동구밖을 떠나
들길 산길 지나
깊은 산속 이를 때까지
눈물 콧물 훔치며
끝내 따라온 여자는
버림받은 조강지처
하나 뿐이였읍니다.

무덤이 만들어지고
사람들이 모두 돌아간 자리에
오래 오래 거기 앉아
흐느껴 울어준 여자는
천대받고 버림받은
당신의 조강지처, 그 여자
하나 뿐이였읍니다.

네번째 여자가 누구인지
당신은 아십니까?
바로 당신이 꿈에도 잡고 놓지 못하는
돈, 돈이랍니다.
세번째 여자가 누구인지
당신은 알듯하십니까?
바로 당신이 눈이 시뻘겋게 움켜잡던
부동산, 땅, 집이랍니다.

두번째 여자가 누군가는
어렴풋 짐작이 가십니까?
바로 당신이
그렇게 좋아하며 덮어쓰던
명예와 감투랍니다.

이제사
첫번째 조강지처가 누군지를
아시는군요.
바로 당신이 잃고, 잊고 살았던
당신의 인격, 사람됨이지요.

목탁새

똑또르르
똑또르르
밤이면 울어대는
새가 있읍니다.

스님이 세상 떠나
환생했을까
밤새도록
똑또르르
애잔한 목탁소리
이름도 목탁새로 불리웁니다.

출가수행 하실적에
게으름 피워
못 이룬 성불(成佛)
한이 되었을까
똑또르르
똑또르르
목탁치면서
게으른 수행자를 꾸짖습니다.

산

숨막히는 정적
미칠듯한 되풀이
외로운 발길
줄을 당기던
나 혼자
있던 산.

나뭇잎 편지라도
띄우고 싶던
그 이름
고독.

달무리 바라보며
앓던 가슴앓이
접고 또 접어
눌러 앉힌 산.

눈이 오네

산사(山寺)에 눈이 오네
소복소복 쌓이네.

신작로 내려서서
시오리 산길
공양미 이고 들고
오실 노보살.

행자야
지팡이 들고
마중 가거라.
객실 아궁이에
불도 지펴라.

장난질

이 세상 모든 사람이
입을 모아
부르는 노래
괴로워
괴로워서
못살겠어요.

그런데
그 괴로움
어디서 올까요.

욕심
성냄
어리석음
이 세가지
씨앗 끊으면
괴로움의 실체
어디에도 없읍니다.

괴로움
괴로움
버리고 싶어
주머니를 뒤져 보아도
잡히질 않고
가방속을 열어보아도
잡히질 않고
마음속에서 꺼내려해도
잡히질 않습니다.

기쁨도
괴로움도
원래 없는 것
어리석은 마음의
장난질일 뿐입니다.

인생 무상(無常)

눈 한번 부릅뜨면
천하를 호령하던
권력의 화신이
하룻밤 사이에
시신이 되었다는 소식을 들었을 때
우리는 무상을 느꼈읍니다.

턱짓 한번으로
수백억, 수천억을 거둬 들이고
턱짓 한번으로
열명, 백명, 천명을 옭아넣던
권력의 화신이

어느날 갑자기
쫓기는 신세로 처량하게 되었을 때
우리는 무상을 느꼈읍니다.

손가락 한번 움직이면
십억, 백억, 천억을
떡주무르듯 가지고 놀던
재벌이
동전 한닢 지니지 않은채
이승을 떠났을 때
우리는 무상을 느꼈읍니다.

가까운 사람을
교통사고로 잃었을 때
우리는 더더욱
무상을 절감했읍니다.

그리고 우리는 잠시
생각에 잠겼읍니다.
인생이 과연
저런 것이었나 하고.

그러나 돌아서면 우리는
또다시 일상속에 파묻혀
욕심내고
화내고
싸우고
욕하면서
어디로 가는지도 모른채
숨이 턱에 차서
달려 갑니다.

언제인가는
바로 내가
그 무상의 주인이라는 사실을
까맣게 잊은 채.

겨울

문을 여니
첩첩 산중
눈 속에 묻힌 겨울.

감나무 꼭대기에
까치 한마리.

아아 풍족하여라
겨울산 바라보며
혼자 마시는
작설차 한 모금.

봄길

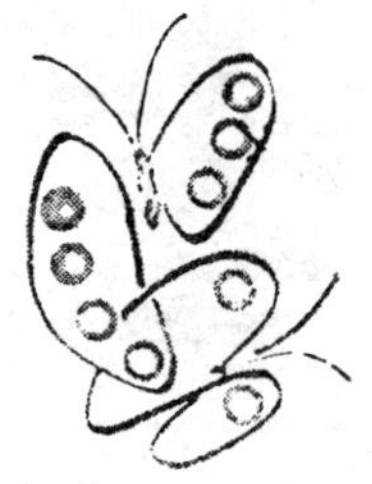

초봄에 내리던 비로
떨어진 옷을 벗어던진다.

눈 뜨는
나뭇가지
곱게 물들고
청춘 가슴속
너의 말
줏어 담아
봄 자락에
걸어두고.

흐느껴 목메이는
잿빛 옷자락.

어찌 할거나

털고 쓸어도
쌓이는 먼지
어찌 할꺼나.

맑은 거울도
늘 닦으라고
말씀하신 이 누구였을까.

못다 벗은
삼베적삼
어찌 할꺼나.

털고 쓸어도
쌓이는 먼지
어찌 할꺼나.

아카시아 꽃

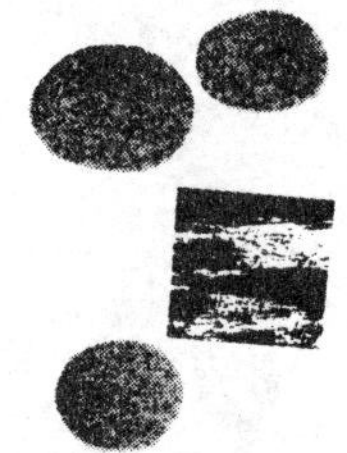

숲의 초대받아
엷게 바쳐입은
흰빛 고운 적삼.

산이 좋아
산이 깊어
하얗게 쏟아버린
웃음소리.

밤안개 내리듯
어서 오라 손짓하며
나를 지켜보는
아카시아 꽃.

괴로움의 바다일지라도

이밤도 그대
잠 못 이룬 채
괴로워하고 계시겠지요.

산다는 것
소유한다는 것
사랑한다는 것
이 모두가
끝도 시작도 알 수 없는
아득한 괴로움.

대체 이것이 인생이냐고

대체 이것이 세상이냐고
한탄도 하셨지요.

그래요.
세상이 괴로움의 바다일지라도
인생이 쓰라림의 바다일지라도
우린 정말 어쩔 수 없어요.

가을이 오면
나무는 말없이 옷을 벗습니다.
그리고 말없이 겨울을 맞습니다.
눈이 쌓이면 쌓이는대로
찬바람이 불면 부는대로
매서운 추위조차 받아들입니다.

그래도 나무는
잠을 못자거나
몸부림을 치거나
울부짖지 않습니다.

그래도 나무는

겨울의 강을 건너
봄을 맞이합니다.
잎을 틔우고
꽃을 피우고
열매를 맺기도 합니다.

그리고 나무는
받아들입니다.
봄, 여름, 가을, 겨울
인연이 마련해준 되풀이
비록 인고의 세월일지라도.

결국 인생도
자연의 한 부분

아무리 발버둥쳐도
벗어날 수 없읍니다.
생겨나고
머물고
부서지고
없어지고

다시 생겨나는 순리를.

그래서
이렇게 말할 수 있겠지요.
괴로움을 안다는 것은
곧 살아 있다는 것.
쓰라림을 느낀다는 것은
곧 사랑한다는 것.
괴로움이 곧 삶일지라도,
쓰라림이 곧 사랑일지라도,
우리는 웃을 줄 알아야합니다.
우리는 받아들일 줄 알아야합니다.

사바의 언덕
괴로움의 바다를 건널 때까지.

어떤 여인

나이는
스물셋,
직장에 다닌다는
어여쁜 처녀가
절을 찾았네.

10여년전
내가 그랬던 것처럼
처녀는 노스님을 만났었네.

이유는 묻지 말고
여승이 되게 허락해달라고

처녀는 흐느껴 울었었지.

합당한 까닭을
대기 전에는
허락할 수 없노라는
노스님 앞에
처녀가 털어놓은 사연은
잃은 사랑이라네.

사랑하던 사람이
돌아선 이후
꿈도 기쁨도
함께 사라지고
세상 일 모두
허무하게 느껴져
살고 싶은 생각 없다고 하소연 했지.

고개 끄덕이시던 노스님
그녀에게 물었네.
그 남자의 무엇을
사랑했느냐고.

서글서글한 눈빛이었는가
잘 생긴 얼굴이었는가
차분하고 달콤한 음성이었는가

그 우람한
팔뚝이었는가.
그도 저도 아니면
바람에 날리는 머리칼이었는가.
하루에도 열두번
흔들리고 변하는 마음이었는가.

그녀는 자꾸만
고개 저었지.
끝내 그녀는 힘주어 말했네.
그 사람의 모든 것 그사람 자체를
사랑했노라고.

큰스님이 일러주셨네.
그 모든 것은 실체가 아니란다.
눈빛도, 얼굴도, 음성도, 머리칼도,
마음도.

그대로 머무는 건
아무것도 없단다.
그 모든 것이
무상(無常)이란다.

가장 소중한 내 육신
내 팔, 내 다리, 내 눈, 내 목숨조차
내가 소유할 수 없거늘
영원한 나의 것이
어디에 있겠느냐고.

붙잡으러 들지 말고
놓아야 하네.
가지려 들지 말고
주어야 하네.
슬픔도 기쁨도 잠시일 뿐
영원한 슬픔도 없는 법이요
영원한 기쁨도 없는 법이네.

삭발출가 하지 않아도
아무것도 나의 것을

고집하지 않으면
그대 마음속에
괴로움 없어지네.

여승이 되지 못한 그녀
차라리 죽겠노라
울며 내려 갔지.

몇년이 지난 후였네.
생글생글 웃으며 찾아온 그녀
남편과 아이와 함께였었네.

때로는 꽃이었다가

깊고 깊은 산에서
통나무 타고 달려와
돌로 깎은 수각에
철철 흘러 넘치는 물.

때로는 안개였다가
때로는 구름이었다가
때로는 비가 되어
땅을 적신 물.

때로는 작은 물고기였다가
때로는 다람쥐의 육신이었다가

때로는 사람의 육신이었다가
때로는 아름다운 꽃이었다가

때로는 증발하고
때로는 스며들고
때로는 물방울 되어
강이 되고
바다 되고
폭포 되고
물보라 되고
눈물 되어

때로는 아메리카
때로는 아프리카
때로는 이땅에
다시 오기도 하는
영원히 돌고 도는
물의 윤회여.

그대 계시매

그대 언제나
내곁에 계시매
긴 세월 외로움
견디어 왔읍니다.

그대 언제나
내곁에 계시매
흔들리는 마음
바로잡아 왔읍니다.

그대 언제나
내곁에 계시매

가슴찢는 아픔도
참아왔읍니다.

그대 언제나
내곁에 계시매
캄캄한 밤길도
허위 허위 걸어 왔읍니다.

그대 언제나
내곁에 계시매
슬픔도 눈물도
입 앙다물고 삼켜 왔읍니다.

그대 언제나
내곁에 계시매
분함도 억울함도
한뼘 가슴속에 삭여 왔읍니다.

그리고
그대 언제나
내곁에 계시매
사랑하는 마음도
모락모락 키워 갑니다.

그래도 세상은

시레기죽
꽁보리밥
그것도
하루 한끼.

발가락 나온
검정 고무신
논두렁, 밭두렁, 오솔길 지나
신작로, 자갈길,
왕복 40리.

무거운 짐 머리에 이고

등에도 지고
그래도 장에 가면
신바람 났지.
외갓집 70리도
먼줄 몰랐지.

쌀밥 한그릇
실컷 먹어보는 게
소원이었네.
하얀 운동화
한번 신어보는 게
소원이었네.
겨울이면 덜덜 떨며
내복 한벌 입는 게
소원이었네.

더운김 모락모락
넘치는 쌀밥
쏘시지
햄
캐첩

스파게티
세계의 음식이
넘치는 세상.

여름이 여름인줄 모르고
겨울이 겨울인줄 모르고
천리가 이웃
만리가 지척.
비행기
택시
자가용이
넘치는 세상.
그래도 세상은 아우성이네
그래도 세상은 괴로움이네.

먹고
자고
입고
즐기는 것
많고 많아도
사람마다 마음의 병

단단히 들었네.
'만족할 줄 모르는 병'.

그래서
눈물이네.
그래서
한숨이네.
그래서
아우성이고
그래서
괴로움이네.

아무리 발버둥치고
아무리 아우성치고
아무리 많이 가져도
마음의 병
버리지 않으면
영원히
행복은 그대의 것 아니네.

꿈인줄 알면서도

우리는 누구나
꿈을 꿈니다.

어느 때는 꿈속에서
사랑하는 사람을
만나기도 하고
어느 때는 꿈속에서
미워하는 사람을
만나기도 합니다.

기쁨에 겨워 뛰기도 하고
공포에 질려 도망도 칩니다.

사랑하는 사람이
죽은 꿈을 꾸고
흐느껴 슬피 울기도 하고
그 울음소리에
꿈을 깨기도 합니다.

무서운 짐승에게
한없이 쫓기다가
낭떠러지 밑으로
떨어지면서
으악!
비명 지르다가
깨기도 합니다.

꿈인줄 알았으면
우리는 그토록
기쁨에 겨워 뛰지도 않고
공포에 질려 도망치지도 않고
낭떠러지 밑으로 떨어지면서
비명을 지르지도
않았겠지요.

꿈인줄 알았으면
그토록 싸우지도 않았을테고
그토록 땅을 치며
울지도 않았겠지요.

그러나 깨고나면
인생 또한 꿈.
풀잎 위의 이슬
물 위의 물거품.
태어나고 살면서
웃고 울고
다투고 사랑하고
뺏고 빼앗기고
주고 받고
늙고 병들어
죽음으로 끝나는
한토막 꿈.

그래도 우리는
인생이 한토막
꿈인줄 알면서도

웃고 있읍니다.
울고 있읍니다.
사랑하고 있읍니다.
미워하고 있읍니다.
아우성치고, 싸우고, 빼앗습니다.
아 한토막 꿈인줄
뻔히 알면서도.

눈꽃

흔적없이 떠나간 바람
자욱한 안개 밭
냄새 털고
둥둥 떠가는
한송이 눈꽃
지는 내력을
나는 몰라라.

석승암

전남 무안에서 태어남.
전남 해남 미타사에서 출가.
충남 동학사 강원 대교과 이수.
칠곡 도봉사 최정암 스님을 은사로 득도.
해인사 고암스님께 사미니 · 비구니계 수지.
대구 유가사 선방에서 참선 수행.
김해 봉화사, 칠곡 관음사 등에서 수행.
불교통신대학 및 대학원과정 수료.
월간 ≪詩文學≫ 추천으로 시인이 됨.
인천 승암정사 주지 역임.
대구 승암사에서 정진 중.

석승암 시집　　　　　꿈인줄 알면서도

1989년 1월 5일 초판발행
2006년 6월 30일 중판발행

著　者　석 승 암
發行者　尹 靑 光

發行處　東國出版社
서울 마포구 공덕동 404 풍림빌딩 1321호
전화 02-715-6544
등록 1980년 2월 25일 제1-108호

값 6,000원

* 잘못 만들어진 책은 바꾸어 드립니다.